AF588898

avec les Prix et les noms. 1868 (janvier 16-18)

COLLECTION

DES

TABLEAUX

ANCIENS ET MODERNES

DE

S. EXC. KHALIL-BEY

PARIS

TYPOGRAPHIE E. PANCKOUCKE ET Cie

13, QUAI VOLTAIRE, 13

1867

Monsieur Khalil Bey

Salon n° 8.

Laissez passer Mons.

au besoin avant midi

16 Janvier 1868

[illegible]

VENTE

DES

TABLEAUX

ANCIENS ET MODERNES

DE

S. EXC. KHALIL-BEY

ORDRE DES VACATIONS

Consulter le Catalogue descriptif

PARIS

TYPOGRAPHIE E. PANCKOUCKE ET Cie

13, QUAI VOLTAIRE, 13

1868

CONDITIONS DE LA VENTE

Elle sera faite au comptant.

Les acquéreurs payeront cinq pour cent en sus des adjudications.

Les expositions publiques et particulières mettant le public à même de se rendre compte de l'état des objets, il ne sera admis aucune réclamation une fois l'adjudication prononcée.

COLLECTION

DES

TABLEAUX ANCIENS ET MODERNES

DE

SON EXCELLENCE KHALIL-BEY

ORDRE DES VACATIONS :

PREMIÈRE VENTE.... le Jeudi 16 janvier, Tableaux modernes.
DEUXIÈME VENTE.... le Vendredi 17 janvier, Tableaux modernes et la Statue d'Hélène (de Clésinger).
TROISIÈME VENTE... le Samedi 18 janvier, Tableaux anciens.

HOTEL DROUOT, SALLES Nos 8 ET 9, A 2 HEURES

1re vacation du Jeudi 16 janvier. (Voir le Catalogue descriptif.)

TABLEAUX MODERNES

1. — BOULANGER.......... Tarquin chez Lucrèce.
56. — SAINT-JEAN.......... Fruits (galerie du duc de Morny).
5. — COMTE................ Jeune femme, époque d'Henri III.
6. — COROT................ Paysage.
7. — COROT................ La Zingara.
67. — WILHEMS et DE NOTTER. La Bouquetière.
59. — STEVENS.............. La Séduction.
4. — CHASSÉRIAU......... Combat de cavaliers arabes.

68. — ZIEM.................... Vue de Venise.

38. — ISABEY............. .. Bataille navale.

40. — ISABEY................ Mariage sous Louis XIII.

39. — ISABEY................ La Tentation.

2. — BRASCASSAT.......... Épagneul rapportant un faisan.

25. — DIAZ.................. Vénus et Adonis.

23. — DIAZ.................. Paysage, Fontainebleau (environs).

24. — DIAZ.................. Fleurs, souvenir de Barbizon.

15. — DECAMPS.... .... Environs de Paris (village).

13. — DECAMPS............. Chasseur au marais.

16. — DECAMPS............. L'Atelier de poteries italiennes.

12. — DECAMPS............. Chasseur au miroir (collection de M. le duc de Morny).

14. — DECAMPS............. Bassets sous bois.

42. — MARILHAT............ Une Vue du Caire.

27. — FROMENTIN .... Tribu nomade ou le Passage du gué.

28. — FROMENTIN.......... Départ pour la chasse.

29. — FROMENTIN.......... Le Rendez-vous de chasse.

30. — FROMENTIN.......... Sujet arabe.

31. — FROMENTIN.......... Une Halte d'Arabes.

50. — ROUSSEAU (Théodore). Grande allée de châtaigniers (œuvre capitale du maître). —— 27,500

51. — ROUSSEAU............ Paysage (soleil couchant).

52. — ROUSSEAU............ Paysage (un marais).

53. — ROUSSEAU............ Paysage (prairie).

54. — ROUSSEAU............ Paysage (lisière de bois).

55. — ROUSSEAU............ Paysage.

57. — SCHENCK............. La Remise des chevreuils.

58. — SCHENCK............. Les Chèvres du Mont-d'Or.

65. — VAUTIER............. La Vente à la criée.

2e vacation du Vendredi 17 janvier. (V. le Catalogue descriptif.)

TABLEAUX MODERNES

48. — ROQUEPLAN......... Les Paysannes de la vallée d'Ossau.
49. — ROQUEPLAN......... Le Vieux pont de l'île Saint-Louis.
3. — CABAT................ Paysage.
26. — DUPRÉ (Jules).......... Paysage (soleil couchant).
46. — PETENKOFFEN....... L'Avant-garde.
66. — VERNET (Carl)........ Chasse au sanglier.
11. — DAUBIGNY............ Le Passeur de l'Oise.
10. — COURBET............ La Jeune baigneuse.
10 *bis*. COURBET............ Le Chevreuil chassé aux écoutes (printemps).
8. — COURBET............ Hallali de chevreuil.
9. — COURBET............ Le Renard.
41. — LEYS.................. Le Message (collection Demidoff).
19. — DELACROIX (Eugène).. Légende écossaise.
22. — DELACROIX.......... L'Éducation d'Achille.
20. — DELACROIX.......... Saint Sébastien secouru.
21. — DELACROIX.......... L'Abreuvoir.
17. — DELACROIX.......... Le Massacre de l'évêque de Liége (collection du duc d'Orléans).
18. — DELACROIX.......... Le Tasse dans la prison des fous (collection du duc d'Orléans).
36. — INGRES.............. Femme couchée et endormie.
37. — INGRES.............. Femme couchée (pendant du précédent).
34. — INGRES.............. Le Bain turc.
35. — INGRES.............. Vénus couchée.
45. — MEISSONIER......... L'Etape solitaire.
43. — MEISSONIER......... Les Amateurs de peinture.
44. — MEISSONIER......... Le Joueur de guitare.
33. — GÉROME............. Le Marchand d'habits.

32. — GÉROME............. Louis XIV et Molière.
62. — TROYON............. Les Porteurs d'eau.
60. — TROYON............. Pâturage normand.
61. — TROYON............. Paysage.
63. — TROYON............. Effet d'automne, paysage, étude.
47. — PRUD'HON.... ...... La Vérité.
64. — TSCHAGGENY........ Bergère et moutons.
69. — CLÉSINGER (Hélène).. Statue en marbre de grandeur naturelle.

3e vacation du Samedi 18 janvier. (V. le Catalogue descriptif.)

TABLEAUX ANCIENS

85. — HOET.................. Sacrifice à Bacchus.
86. — HUGTENBURG........ La Bataille.
94. — VAN POL............. Fleurs.
95. — VAN POL............. Fleurs.
82. — VAN GOYEN......... Le Canal de Leyde.
99. — VAN SPAENDONCK... Oiseaux, fleurs, fruits (a appartenu à l'Impératrice Joséphine).
81. — FRAGONARD.......... Madame du Barry.
75. — DENNER............. Vieillard.
76. — DENNER............. Sa Femme (pendant du précédent).
88. — MIÉRIS............... Le Cabaret.
89. — MIÉRIS............... Le Marchand de gibier.
87. — VAN HUYSUM....... Fruits et fleurs.
72. — BOUCHER............ L'Atelier du peintre. (Pourtalès.)
73. — BOUCHER............ Paysage avec figures.
74. — BOUCHER............ Portrait d'actrice.
83. — GREUZE.............. Tête d'enfant (collection du comte Perrégaux).
84. — GREUZE.............. L'Attente.
104. — WATTEAU........... Voyage à Cythère.
106. — VAN DE WERFF..... Le Jeu de cartes.

105. — VAN DE WERFF...... La Déclaration d'amour.

103. — TERBURG............ La Dépêche.

100. — TÉNIERS............. La Galerie de l'archiduc Albert (galerie de Pommersfelden).

101. — TÉNIERS............. Intérieur flamand avec figures (galerie du duc de Morny).

102. — TÉNIERS............. Intérieur d'écurie (galerie Salamanca).

96. — POTTER (Paul)....... La Prairie (galerie du duc de Morny).

108. — WOUWERMANN (Philips). La Chasse aux canards (galerie du duc de Morny).

107. — WOUWERMANN...... Le Départ pour la chasse.

109. — WOUWERMANN...... L'Étrier.

77. — DOV (Gérard).......... Portrait d'une petite fille (galerie de Pommersfelden). (Petit chef-d'œuvre.)

78. — DOV.................. Jeune fille et sa lanterne (galerie de Pommersfelden).

79. — DOV.................. Préparatifs du souper (*idem*).

80. — DOV.................. La Jeune fille au miroir (collection du cardinal Fesch).

70. — BACKHUYSEN........ Marine.

71. — BOTH................. Paysage.

97. — RUYSDAEL........... Le Moulin à vent.

91. — OSTADE.............. La Cinquantaine.

90. — KARL DE MOOR...... La Romance.

92. — OMMEGANCK......... Paysage et animaux.

93. — OMMEGANCK......... *Idem*.

Me Charles PILLET COMMISSAIRE-PRISEUR Rue de Choiseul, 11	**M. HARO, peintre-expert** CHARGÉ DE LA VENTE Rue Visconti, 14

Typographie E. Panckoucke et Cie, quai Voltaire, 13.

Say

5.100.
2.000.
2.000.
4.100.
11.600.
23.500.
7.500.
1.450.
3.500.
15.000.
20.000.
31.800.
21.000
5.500.

154.050.

COLLECTION

DES

TABLEAUX

ANCIENS ET MODERNES

DE

S. EXC. KHALIL-BEY

PARIS
TYPOGRAPHIE E. PANCKOUCKE ET Cie
13, QUAI VOLTAIRE, 13
—
1867

CATALOGUE

DE LA COLLECTION DE

TABLEAUX ANCIENS ET MODERNES

A

SON EXCELLENCE KHALIL-BEY

CONDITIONS DE LA VENTE :

Elle sera faite au comptant.

Les acquéreurs payeront cinq pour cent en sus des adjudications.

Les expositions publiques et particulières mettant le public à même de se rendre compte de l'état des objets, il ne sera admis aucune réclamation, une fois l'adjudication prononcée.

ORDRE DES VACATIONS :

Jeudi 16, tableaux modernes.
Vendredi 17, tableaux modernes et la statue de Clésinger.
Samedi 18, tableaux anciens.

CATALOGUE

DES

TABLEAUX

ANCIENS ET MODERNES

QUI COMPOSENT LA COLLECTION

DE S. EXC. KHALIL-BEY

ET DONT LA VENTE AURA LIEU

HOTEL DROUOT, SALLE N° 8

LES JEUDI 16, VENDREDI 17 ET SAMEDI 18 JANVIER 1868

A DEUX HEURES

Me Charles PILLET
COMMISSAIRE-PRISEUR
Rue de Choiseul, 11

M. HARO, peintre-expert
CHEVALIER DE LA LÉGION D'HONNEUR
Rue Visconti, 14

EXPOSITION
- PARTICULIÈRE..... le mardi 14 janvier 1868, de 1 h. à 5.
- PUBLIQUE .... le mercredi 15 janvier 1868, de 1 h. à 5.

CE CATALOGUE SE DISTRIBUE

A PARIS............. Chez MM. PILLET (Charles), commissaire-priseur, rue de Choiseul, 11;

— — HARO, expert, chargé de la vente, rue Bonaparte, 20, et rue Visconti, 14.

A LILLE.............. Chez MM. VANACKÈRE, éditeur.

A LYON.............. — HOETH, éditeur.

A LONDRES.......... — CONALGHI, Pall Mall Fast, 14.

— — H. DURLACHER, 113, New Bond street, International Society of Fine arts, Old Bond street, 25.

— — GOUPIL et Ce, Southampton street, Strand, 17.

A BRUXELLES .... — LEROY (Étienne), place du Grand-Sablon, 12, Agence de la Société internationale de Londres, rue de la Madeleine, 46.

A AMSTERDAM ...... — ROOS, in het Huis der Hoofden.

A ROTTERDAM ...... — A. LAMME, Wijn straat, 4.

A COLOGNE.......... — HEBERLÉ, marchand d'antiquités.

A BERLIN........... — LEPKE, unter den Linden.

A DRESDE........... — ARNOLD, marchand d'estampes.

A LEIPZIG........... — BROCKAUS et Ce.

A FRANCFORT....... — A. BAER, place Schiller, 3.

— — GOLDSCHMIDT, Zeil, hôtel de Russie.

A MUNICH............ — MEILLINGER, marchand de tableaux, objets d'art.

A VIENNE............ — Maison GOUPIL, M. Kaeser représentant.

— — PLACK (George), marchand d'estampes.

A ST-PÉTERSBOURG.. — NEGRI père et fils.

A NEW YORK....... — KNŒDLER, Broadway, 772.

COLLECTION

DE

S. EXC. KHALIL-BEY

Cette galerie n'est pas nombreuse — cent tableaux tout au plus ! — mais elle est choisie et, dans cet écrin de peintures, on ne rencontre, parmi les pierres précieuses, ni strass ni perles fausses. Chaque artiste y est représenté par un de ses plus purs diamants. Un goût sûr, un tact parfait, une passion sincère du beau ont guidé le possesseur de cette rare collection, la première qu'ait formée un enfant de l'Islam. Le respect des chefs-d'œuvre anciens s'y allie à l'amour des chefs-d'œuvre modernes, et le culte du passé n'y fait aucun tort à l'admiration du présent. Les maîtres du jour y coudoient les maîtres de jadis, et l'on sent que dans l'équitable avenir ils seront égaux à leurs aïeux, de cette égalité diverse du génie qui admet tous les contrastes. A ce cabinet, un musée pourrait emprunter avec certitude des morceaux qui ne craindraient aucune rivalité.

Nous commencerons par les modernes. Pas un des noms illustres de notre école ne manque à la liste. Ingres, le peintre des odalisques, celui qui de nos jours possédait le mieux, malgré la sévérité de son talent austère, le sentiment de l'élégance féminine, se présente avec son *Bain turc*, qui est là bien à sa place, — un merveilleux prétexte à grouper sans voile, dans un cadre circulaire, toutes les variétés de types que le harem envoie à ce rendez-vous de la coquetterie orientale. Le grand artiste a dessiné ces beaux corps dans toutes les attitudes favorables à leurs charmes, de dos, de face, de profil, en raccourci, debout, couchés, hanchant de façon à faire ressortir une ligne opulente, montrant leur nuque où s'enroule un léger turban et leurs épaules moites de la sueur du bain, mêlant le marbre de la déesse antique à la chair de la sultane, sous une pâleur rosée qu'estompe la vapeur argentée de l'étuve. De quelques-unes de ces figures, détachées du cadre, il a fait des tableaux, et l'on reconnaît l'odalisque vue de dos dans cette femme du premier plan, d'une lumière si pure, d'un modelé si souple et d'une beauté si parfaite. Il semble que ce tableau soit l'album où le peintre ait fixé, à diverses époques, ses rêves de beauté, ses trouvailles de poses, ses prédilections de formes et jusqu'à ses caprices de types. Quelle admirable figure que celle de la jeune Grecque à cheveux blonds qui, adossée à la muraille, les bras croisés sous le sein, poursuit à travers la langueur d'une demi-somnolence quelque souvenir mélancolique du temps où elle était libre, mettant pour ainsi dire une âme parmi ces beautés purement corporelles! C'est une page importante et singulière de l'œuvre d'Ingres, une toile amoureusement caressée de son plus suave pinceau, vingt fois quittée et reprise, comme une femme avec laquelle on ne peut se décider à rompre, une sorte de harem qu'il n'a congédié qu'à la fin de sa vie et dans lequel il venait de temps en temps prendre une odalisque ou une nymphe.

Un autre morceau d'un grand intérêt est une copie d'après la Vénus de la Tribune, de Florence, de la même dimension que l'original : Ingres copiant Titien, ce grand maître de la ligne, reproduisant ce grand maître de la couleur avec cette révérence et cette piété qu'il a toujours professées à l'endroit des chefs-d'œuvre! Ingres, a-t-on dit, n'aimait pas la couleur, la couleur de Rubens peut-être, mais celle de Titien superposée à une admirable forme et enveloppant la beauté comme d'une atmosphère d'or, il la goûtait sans doute et il en cherchait le secret à travers la patine du temps. Cette magnifique copie, qui pour nous vaut le modèle, le prouve sans réplique. Quel curieux sujet d'étude et de méditation pour les artistes que cette superbe Vénus, qu'Ingres, malgré la plus scrupuleuse fidélité d'imitation, n'a pu s'empêcher de faire plus fine de dessin et moins chaude de ton que celle du Titien, faisant prévaloir à son insu la déesse sur la femme et la beauté sur la vie, et restant original, tout en étant copiste.

Eugène Delacroix vient, dans toute galerie un peu complète, comme l'antithèse naturelle d'Ingres, ou plutôt comme l'expression suprême en son genre d'une autre face de l'art. L'un symbolise le beau style, le dessin pur, la grande tradition reprise de haut et continuée avec une puissante individualité; l'autre, le mouvement, la passion, la couleur, le pittoresque, la palpitation fébrile de l'âme moderne. Nous trouvons ici un des tableaux qui caractérisent le mieux peut-être le talent d'Eugène Delacroix : le *Massacre de l'évêque de Liége*. Dans cette toile, un des chefs-d'œuvre de notre temps, le vrai Delacroix romantique est contenu tout entier; jamais il ne déploya plus librement ses qualités et n'arriva à une telle hauteur de génie. On connaît le sujet de la scène, tiré du *Quentin Durward* de Walter Scott. Des truands amènent devant Guillaume de La Marck, le farouche Sanglier des Ardennes, au milieu de l'orgie à laquelle se livre une soldatesque effrénée, le vénérable évêque, qu'ils menacent de leurs couteaux d'égorgeurs. Le festin a lieu dans une haute salle gothique, dont le plafond est soutenu par des charpentes enchevêtrées et retombant en pendentifs qui se perdent à demi dans l'ombre avec de vagues formes de potences, car la lumière de la table ne peut monter si haut. Sur l'immense nappe, des flambeaux, entourés d'auréoles tremblantes dans cette vapeur d'haleines et de mets, versent un large flot de lumière où scintillent, comme des îlots d'or, d'argent et de pierreries, les vaisselles, les hanaps, les salières, les drageoirs et les vases sacrés pris au pillage. Autour de la longue table, comme à un repas de corps de démons, présidé par Satan, se pressent, mêlés à des ribaudes et à des malandrins, des hommes d'armes, des soudards hurlant, buvant, mangeant, vidant les plats avec leurs mains, prêts à tacher de sang ce linge déjà taché de vin. Une bestialité farouche et cynique hébète ces visages fatigués par le combat et l'orgie, qui s'illuminent, comme au reflet d'une flamme d'enfer, à la lueur des cires et des torches. Çà et là, dans l'ombre, quelque pièce d'armure s'allume d'un éclair soudain et jette une étincelle comme un charbon qu'un souffle avive. Se dressant sous son dais et s'appuyant au bord de la table, de ses gantelets de fer, qu'il n'a pas ôtés, Guillaume de La Marck, dont l'ivresse est maintenue par son armure, crie, à travers le tumulte, l'ordre de mettre à mort l'évêque de Liége. Le saint prêtre, dont la chape miroitée d'orfrois rayonne d'un éclat pontifical au milieu de cette cohue de haillons et de ferrailles, se renverse en arrière et lutte inutilement comme la victime traînée à l'autel de quelque culte barbare. Jamais le pinceau n'a exprimé avec une telle intensité de vie, une telle férocité d'accent, une telle magie de couleur, dans une scène de meurtre et de débauche, le fourmillement sombre et lumineux des convives, la scintillation pâle des flambeaux, les éclairs des armures et des blocs d'orfévrerie, l'atmosphère épaisse et chaude, la vapeur de sang qui plane sur l'infernal banquet où les quartiers de venaison semblent des quartiers de chair humaine. L'artiste de génie a rendu jusqu'aux rumeurs et aux vociférations de l'orgie ; il semble qu'un ouragan de bruit sorte de la toile muette. C'est sans contredit le plus beau tableau de chevalet du peintre pour l'importance de la composition, le nombre des figures, la force de la couleur, la fierté de la touche, le pittoresque de l'effet, la profonde compréhension de l'époque, la puissance dramatique de la scène. Ce tableau, sans rival dans l'œuvre de l'artiste, a été enlevé de verve à un de ces moments d'inspiration où les facultés semblent doublées, où un génie inconnu vous prend la palette des mains et trace sur votre toile avec un pinceau de flamme quelques traits ineffaçables et flamboyants. Le *Massacre de l'évêque de Liége* est une de ces œuvres rares où l'exécution réalise complétement l'idée. Après avoir vu le tableau de Delacroix, il est impossible de se figurer autrement cette scène terrible, et le souvenir vous en reste à jamais avec son éblouissement formidable.

Le Tasse dans la prison des fous est une toile toujours citée parmi les meilleures d'Eugène Delacroix, et rarement l'exécution de l'artiste a été plus fine et plus serrée. Assis à l'angle du tableau, le Tasse, vêtu de noir, un lambeau de couverture sur les genoux, appuie sa tête pâle sur sa main amaigrie; il songe à l'ingratitude d'Alphonse, aux dédains d'Eléonore, à sa gloire engloutie peut-être dans le naufrage de sa disgrâce; il se demande avec inquiétude si sa raison n'a pas sombré aussi sous ce vent de malheur et si c'est injustement qu'il est enfermé. Autour de lui s'agitent, excités par son immobilité même, les pensionnaires de la maison, avec ces gestes incohérents et détraqués, ces yeux hagards, ces rires idiots, ces allures presque animales d'un corps que ne commande plus le cerveau. L'un des fous, espèce de brigand à barbe rousse, à prunelles bleues papillotant dans une orbite osseuse, physionomie inquiétante où la férocité s'allie à la démence, secoue ses grands bras et ricane hideusement pour troubler la rêverie du poëte. Au fond s'enfuient confusément des fous et des folles à tournure de spectre, comme devant l'épouvante de leurs propres visions. Louer la couleur si chaude, si vivace et pourtant si sobre de cette magnifique peinture est chose superflue. Quant à l'expression du sujet, elle a ce génie du drame, cette poésie nerveuse et cette profondeur passionnée qui caractérisent le peintre de la Barque du Dante, du Massacre de Scio et du Naufrage de don Juan.

Un curieux tableautin, intitulé *Légende écossaise*, se rapporte à l'époque où Delacroix cherchait à mettre dans son coloris quelque chose de la fluide transparence des peintres anglais, dont Bonnington avait introduit le goût en France. Le sujet, si nous ne nous trompons, est emprunté à une ballade de Burns, *Tom O'Shanter*. Cramponné au dos du poney dont la crinière et la queue s'échevèlent fantastiquement, le pauvre garçon, fou d'épouvante, va enfin gagner le pont au delà duquel cesse le pouvoir des esprits moqueurs qui le poursuivent. On ne saurait rien imaginer de plus ailé, de plus tourbillonnant, de plus emporté que cette peinture faite au vol. Il faut se hâter de regarder ce cavalier éperdu et sa monture folle; ils seront bientôt hors de la toile où ils passent comme l'éclair.

L'*Abreuvoir arabe* garde, dans sa tranquillité lumineuse, comme un reflet de ce ciel du portrait d'Abd-er-Rahman, si admirable et si admiré, où luit inaltérablement la chaude couleur de l'Orient africain. De son voyage au Maroc, Eugène Delacroix a rapporté une palette qui n'est ni la palette de Decamps ni celle de Marilhat, mais qui est peut-être plus harmonieuse et plus vraie. Des Arabes, il sait sur le bout du doigt l'allure indolente et fière, la façon de se draper, de se remuer et de s'asseoir, dans des poses impossibles aux Européens ; il connaît leurs armes, leurs harnachements, leurs costumes, et il les fait vivre, avec la supériorité du peintre d'histoire, sur de petites toiles familières qui parfois sont des chefs-d'œuvre comme celle-ci.

Il manquerait quelque chose à la physionomie du maître si quelque morceau ne représentait, dans cette collection. le grand peintre décoratif, l'artiste qui ne se déploie jamais plus à l'aise que sur de vastes espaces et dont le talent semble grandir avec la dimension de l'œuvre. On ne peut détacher une peinture murale du monument ou du palais qu'elle décore. Mais ces grands travaux ne s'exécutent pas sans dessins, sans cartons, sans esquisses préalables où le maître souvent met le plus vif de sa flamme et de son inspiration. *L'Éducation d'Achille*, un des pendentifs faisant partie des peintures qui ornent la bibliothèque de ce qu'on appelait autrefois la Chambre des députés et qu'on nomme aujourd'hui le Corps législatif, se trouve ici sous la forme réduite d'une esquisse terminée. Ce n'est qu'une esquisse, mais quel tableau la vaudra jamais! Le jeune Achille apprend l'équitation sur le dos du centaure Chiron, à la fois son cheval et son maître. C'est l'antiquité comprise d'une façon neuve, énergique et farouche, la puissante vie moderne circulant dans les veines du marbre et l'animant en le faisant palpiter et se cabrer dans la lumière et la couleur. Le *Saint Sébastien* montre l'esprit qu'apportait Delacroix dans l'interprétation des scènes religieuses. Le geste délicat et tendre des femmes. craignant de faire mal au jeune martyr en lui retirant les flèches, ne se trouve nulle part. Delacroix a rendu humain le tableau de sainteté.

Le chef-d'œuvre de Théodore Rousseau et peut-être du paysage moderne se trouve dans cette précieuse collection, nous voulons parler de l'*Allée de châtaigniers*. Quelle puissance, quelle force et quelle luxuriance! L'allée s'enfonce dans une ombre entrecoupée de soleil, comme une cathédrale de la nature, pour employer le style à la mode sous Chateaubriand et qui en valait bien un autre, entre deux rangées de troncs énormes, semblables à des faisceaux de piliers gothiques, entremêlant, comme des nervures sur une voûte, leurs branches gigantesques aux coudes noueux, aux larges feuilles spatulées. Comme la séve court sous ces rugueuses écorces, dans ces ramures épaisses à la fraîcheur profonde! Comme la vie secrète de la végétation circule à travers ces masses de verdure et ces herbes drues qui se relèvent sous le pied, secouant leur goutte de rosée et de pluie! Comme la rêverie, un livre à la main, aimerait à se promener sous ce dais sombre, étoilé çà et là de quelques taches lumineuses, en suivant l'étroite route tracée dans le gazon par les bestiaux et les pâtres! A quel manoir, écroulé depuis longtemps et disparu, conduisait cette nef immense de feuillages que reprend la pittoresque sauvagerie de l'abandon et que les siècles, qui détruisent l'œuvre de l'homme, ont rendue plus solide, plus majestueuse et plus vénérable encore? Dans cette œuvre sans rivale, Théodore Rousseau, tout en gardant une incontestable originalité, rappelle un peu la robustesse d'Hobbéma et de ce maître puissant que les Anglais nomment familièrement le vieux Crome. Old Crome. Jamais la nature ne fut plus intimement étudiée et plus largement rendue, avec une telle intensité d'effet, une poésie si profonde et si vraie.

Il y a encore de Th. Rousseau cinq paysages qui, sans avoir l'importance de l'*Allée de châtaigniers*, morceau capital du maître, n'en sont pas moins des toiles charmantes, exprimant toutes une des phases de ce talent chercheur qui ne se répète jamais, variant ses effets et sa touche comme son modèle toujours changeant. Quel amateur ne serait heureux de posséder un de ces cadres pour en faire l'ornement et le joyau de son cabinet!

Les Amateurs de peinture, de Meissonier, ont toute la perfection des meilleures œuvres du maître : la vérité de couleur, la justesse et la précision de touche, la fine observation de détail, le rendu merveilleux qui ne craint le voisinage d'aucun Hollandais. Mais ce que, selon nous, on n'admire pas assez dans Meissonier, c'est la composition, la mise en scène, le jeu parfait des acteurs qui jouent dans les comédies de ses tableaux. Nous ne lui trouvons, pour la mimique, l'attitude, l'expression, d'analogue que Hogarth, et encore le peintre anglais est-il loin de la finesse et de l'esprit de l'artiste français, qui ne tombe jamais dans la grimace, la caricature et l'intention de moralité. Quel mouvement bien saisi que celui de l'amateur qui se renverse dans son fauteuil et cligne l'œil pour donner du recul au tableau! et les deux autres penchés vers le chevalet, et le peintre, sur la toile, se dérobant aux critiques et aux louanges par un redoublement d'application! N'est-ce pas là de la vraie comédie, du cœur humain pris sur le fait? Nous en dirons autant du *Joueur de guitare*. Avec quel fatuité de virtuose il se rengorge devant son camarade, chatouillant le ventre de sa guitare de ses doigts disloqués par les démanchements! *L'Etape solitaire* appartient à la dernière manière de Meissonier, qui, comme on sait, est sorti depuis quelque temps de son petit monde de fumeurs, de buveurs de bière, de liseurs, d'amateurs de dessins, pour essayer de rendre, à son point de vue, l'existence du soldat, et de représenter, avec des personnages plus nombreux, des épisodes de guerre. On sait avec quel succès il a poussé cette reconnaissance sur des terres jusqu'ici nouvelles pour lui. Le tableau dont nous avons cité le titre a pour sujet un officier à cheval, enveloppé de son manteau, resté en arrière et rejoignant son corps sur une monture fatiguée, par un de ces ciels gris d'où filtre une bruine pénétrante et par une route fangeuse, piétinée, creusée d'ornières sous le passage des troupes et de l'artillerie. Le malheur est dans l'air et ce n'est certes pas à la victoire que marche ce cavalier solitaire, esclave stoïque du devoir, prêt au sacrifice désormais inutile de son sang; on lit tout cela sur cette figure morne et résolue, creusée par les misères de la campagne. L'Exposition universelle a montré combien, dans cette voie qu'il s'est récemment ouverte, Meissonier a déjà rencontré de chefs-d'œuvre.

Decamps figure parmi ces maîtres avec la *Chasse aux alouettes*, les *Bassets sous bois*, la *Chasse au marais*, toiles de sa première manière, alors qu'il n'avait pas encore adopté le système d'empâtement dont il a tiré de si merveilleux effets.

De sa seconde manière, nous voyons un tableau connu sous ce nom : *l'Atelier de poteries italiennes*. Sur le devant, baignés d'une demi-teinte transparente, des ouvriers tournent et modèlent des vases à divers états. Une jeune femme à svelte tournure place sur une planchette les ouvrages achevés, et dans le fond, sur la muraille crépie à la chaux, comme de l'or sur de l'argent, s'incruste un de ces rayons de soleil dont Decamps semble avoir dérobé le secret à Pierre de Hooge. On prendrait pour une rue d'un village d'Asie Mineure la *Rue du village des environs de Paris*, avec ses longs murs blancs, ses maisons basses et son parti pris tranché d'ombre et de lumière. On sent qu'en peignant cette toile, le peintre avait encore l'Orient dans l'œil et ne s'était pas deshabitué des beaux ciels bleus et des colorations éclatantes. Le tableau, du reste, ne fait qu'y gagner.

Le Marchand d'habits de Gérome est une merveille de finesse, de précision et d'exactitude ethnographique. La scène se passe dans une rue de Constantinople ou de Smyrne, aux environs de quelque bazar. Le marchand, vieux Turc à physionomie patriarcale, coiffé d'un turban à l'ancienne mode et l'épaule chargée de défroques orientales qui semblent prises au musée de l'*Elbicei-Attika*, se tient debout devant un groupe d'acheteurs à qui il essaie de vendre un sabre antique à lame de Damas. Rien de plus juste de mouvement et d'expression que le jeune homme en costume d'Arnaute, qui pose son doigt sur le tranchant de l'arme, qu'il examine d'un air de connaisseur. Les deux amis qui regardent, prêts à donner leur avis, sont parfaits, et les figures du second plan, fumant ou se reposant à la porte d'un café, dénotent la plus profonde observation des attitudes de ces races si différentes des nôtres.

Dans l'œuvre de Gérome, *Louis XIV faisant souper Molière* est une des toiles les plus importantes de l'artiste. L'anecdote est-elle vraie? On l'a contestée, mais que ne remet-on pas en question aujourd'hui? Il serait fâcheux pour le grand roi qu'elle fût controuvée, car elle l'honore au moins autant que le poëte. La scène est traitée avec la sévérité et le style d'un tableau d'histoire, quoique restreinte dans la dimension du tableau de chevalet. On retrouve tous les types de l'époque parmi les courtisans, qu'étonne l'auguste familiarité de cette action qu'ils ne comprennent pas : les princes du sang, les ducs de naissance, les ducs à brevet, les petits marquis à perruque blonde, à vaste rhingrave, à canons extravagants, grattant du peigne à la porte de l'Œil-de-Bœuf, victimes habituelles de Molière qui remplacent, dans la comédie, le beau Léandre de la farce italienne, tous, jusqu'au prélat altier, ennemi du théâtre, et qu'irrite le souvenir de *Tartuffe*. Cet acte du Roi-Soleil découpant le poulet de son encas et servant de ses mains un auteur, un histrion, un directeur de saltimbanques que sa charge de tapissier de la chambre peut seule faire tolérer à Versailles à la suite des bas officiers de la couronne, les saisit d'une muette horreur, que trahissent leurs visages, habitués pourtant au sourire de l'approbation perpétuelle. Devant cette énormité, Dangeau reste pétrifié de stupéfaction. Gérome aime à rendre, on a pu le voir dans son tableau de *Phryné à l'Aréopage*, l'expression d'un même sentiment sur des figures diverses ; il excelle à ces nuances, et le tableau que nous décrivons en est une preuve nouvelle. On ne saurait trop admirer l'exactitude de l'architecture, de l'ameublement, des costumes, des accessoires de toutes sortes, la vérité contemporaine des têtes, qu'on prendrait pour des portraits de Lebrun, de Mignard ou de Largillière détachés de leur cadre et mis en action.

Eugène Fromentin a fait son domaine de l'Afrique française, et l'on peut dire sans flatterie qu'il y règne en maître. C'est un chef de grande tente ; l'art et la poésie lui ont donné le burnous d'investiture, car Fromentin offre cette particularité d'être à la fois un grand écrivain et un grand artiste. *L'Eté au Sahara, une Année dans le Sahel* sont de purs chefs-d'œuvre : le jeune maître écrit aussi bien qu'il colore, et, quoique cela le contrarie d'être un écrivain de premier ordre, il faut bien qu'il s'y résigne, d'autant plus que cela ne l'empêche pas d'être un des peintres les plus recherchés de la vogue et du succès. *La Smala en voyage* est une vraie perle. On est arrivé au bord d'un gué que traversent les traînards de la tribu, les serviteurs portant les bagages, les femmes, leurs enfants à la main ou sur le dos, selon l'âge, car l'eau limpide et diamantée de la rivière ne va pas plus haut que le jarret. Sur l'autre rive, déjà passés, les chefs à cheval regardent la tribu défiler. Ils sont drapés dans leurs burnous et leurs haïcks blancs qui, en s'entr'ouvrant, laissent voir des vestes et des armures étincelantes. Leurs chevaux, fiers, élégants, de race pure et de sang incontestable, font luire, sur leurs croupes, des moires de satin, des reflets de nacre, des glacis d'argent qui se teintent du rose de la peau. Une poussière de mica scintille sur leur crinière et leur queue, peignées comme des chevelures de femme. Parmi ces chevaux, dignes des écuries du Prophète, il y en a quelques-uns qui offrent cette robe singulière et charmante que les Arabes nomment « pigeon bleu dans l'ombre. » Les cavaliers sont pleins de noblesse, de grâce et de fierté sur leurs hautes selles brodées d'or, près de leurs étendards qui flottent sous un pur rayon du soleil.

Plus haut dans la toile et vers le troisième plan, on voit la caravane bigarrée circulant sur le sentier capricieux qui suit les anfractuosités de la montagne. Le ciel est d'un bleu frais, limpide, léger, semé de quelques petits nuages, comme le ciel de printemps de l'Algérie. On n'est pas encore aux mois torrides; les arbres et les gazons sont verts et le sol n'a pas revêtu le manteau de peau de lion qui est son costume d'été. Eugène Fromentin a peut-être fait aussi bien, mais à coup sûr il n'a jamais fait mieux. — Les *Cavaliers sous des palmiers*, *une Halte d'Arabes* sont des toiles charmantes, d'une exacte et fine couleur locale. C'est la vie au désert, représentée au naturel par un poëte artiste qui la connaît bien et l'aime pour l'avoir pratiquée.

Si la mort n'avait pas emporté Théodore Chasseriau à l'âge de Raphaël, il serait, à coup sûr, aujourd'hui l'un des premiers parmi les illustres. Il manquerait, à une collection qui ne posséderait pas une de ses toiles, une note originale et particulière que nul peintre n'a donnée. Aucun artiste n'a eu au même degré le sentiment de la beauté exotique et barbare; c'était un Grec qui revenait des Indes et semblait, comme Apelles, avoir suivi les campagnes d'Alexandre. Élève d'Ingres, impressionné de Delacroix, il mêlait ces deux reflets dans son individualité propre et produisait des effets inattendus; il savait mettre du style dans le mouvement et du dessin dans la couleur. Un voyage en Algérie l'avait détourné de la Grèce, sans la lui faire oublier; il en avait rapporté une Afrique qui est bien à lui et où les chocs de cavaliers arabes ressemblent, sans cesser d'être vrais, à des rencontres de guerriers d'Homère. Tel est le *Combat de cavaliers arabes*, si fier et si noble dans sa furie.

Le plaisir de parler de toutes ces belles œuvres si bien choisies, et qu'on est heureux de revoir avant que le hasard de la vente ne les disperse, nous entraîne malgré nous, et il nous reste encore, rien que dans les tableaux modernes, bien des pages dignes d'éloges et de grande valeur à indiquer. Voilà une *Vue du Caire*, de Marilhat, d'une force de couleur et d'une intensité de lumière admirables. Comme on aimerait à fumer son chibouck dans ce café aux murs blancs, dont une transparente nappe d'eau brune, piquée de paillettes, baigne les pieds avec tant de calme et de fraîcheur! Çà et là, d'entre les maisons plaquées de moucharabys, s'élancent quelques grêles palmiers, signature de l'Orient; un ibis file paisiblement dans le ciel limpide, allant peut-être se poser sur une des pyramides de Gizeh ou sur la tête camuse du grand sphinx. Que d'esprit, que de couleur, que de verve dans ces trois tableaux d'Eugène Isabey : la *Bataille navale sous Louis XIII*, *la Séduction* et *le Mariage*, avec des costumes comme on en voit dans les gravures d'Abraham Bosse! Quelle touche amusante, vivace et pétillante, indiquant tout d'un coup de pinceau! Chez Isabey, le tableau conserve toute l'audace et la furie de l'esquisse. Diaz a là sa toile de *Vénus et Adonis*, qui semble peinte avec la palette de Prudhon et brille d'une blancheur argentée, dorée de reflets blonds. Admirez du même Diaz ce *Dessous de bois*, où le soleil sème des sequins d'or, et ce *Bouquet de roses*, dont on croit sentir le parfum, tant elles sont fraîches. Citons encore un magnifique paysage de Jules Dupré, le puissant coloriste, qui s'est trop tôt retiré dans ses bois, où sa gloire le suit; un Cabat, un Corot du meilleur temps de ces deux maîtres; *le Passeur de l'Oise*, de Daubigny, dont les eaux sont si pures, si transparentes, si limpides; la *Femme en costume de Henri III*, donnant à manger à un oiseau, de Comte; *la Baigneuse*, étude de Courbet, le maître peintre d'Ornans, qui n'a jamais si bien mérité ce titre que dans l'*Hallali de chevreuil* et *le Renard*, effets de neige d'une vérité saisissante, que possède la galerie de Khalil-Bey. N'oublions pas *la Séduction*, d'Alfred Stevens : une jeune femme qui rêve indécise entre les deux routes, devant une sorte de chimère japonaise tout en or, ayant pour verrues des diamants, des rubis et des saphirs, symbolisant la richesse luxurieuse, et une lettre ouverte, emblème de l'amour pur. Arrêtons-nous devant *Tarquin chez Lucrèce*, de G. Boulanger, fine étude antique, tableau d'histoire, grand comme les deux mains, où l'agrément n'empêche pas le style. Regardons ce superbe Leys de la première manière du peintre, presque inconnue en France, et intitulé *le Message*; ces Brascassat, ces Troyon, ces Schœnck, ces Villems, ces Ziem, ces Roqueplan, ces Saint-Jean. Signalons pour finir une esquisse de Prudhon, *la Vérité montant au ciel*; et un Tchaggeny fin comme un Meissonier, connu sous le nom du *Coup de vent*, toiles exquises et charmantes, que nous avons le regret de ne pouvoir décrire une à une et qui mériteraient toutes sinon un article, au moins un alinéa.

Nous avons développé la partie moderne de la galerie un peu longuement.

Les contemporains, quel que soit leur mérite, ne peuvent avoir, pour l'apprécier et le rendre sensible aux yeux de tous, ce jugement des siècles désormais sans appel ; la postérité ne leur a pas fait, qu'on nous permette ce terme, cette lente réclame qui se perpétue d'année en année. Le temps en outre n'a pas encore passé sur eux cette chaude patine qui tranquillise les tons, les émaille et leur donne cette harmonie parfaite que les couleurs les plus heureusement assorties ne sauraient avoir lorsqu'elles viennent d'être posées sur la toile. Quand on prononce le nom de Gérard Dov, de Ruysdaël, de David Téniers, de Paul Potter, d'Ostade, on éveille dans chacun l'idée de talents connus, nettement définis, et d'une valeur incontestable comme celle des diamants et de l'or. La critique n'a plus à raisonner sur ces maîtres, à coup sûr, admirés de tout le monde. La question porte seulement sur l'état de conservation du chef-d'œuvre, sa qualité, sa provenance, sa date, son authenticité et sa signature. Les tableaux anciens de la galerie de Khalil-Bey sont du choix le plus pur et de la certitude la plus extrême; ils sont signés en toutes lettres du nom et, ce qui vaut mieux, de la griffe du peintre. Les musées les plus difficiles les admettraient dans leurs tribunes et leurs salons carrés. *Le Moulin à vent*, de Ruysdaël, vaut les morceaux les plus vantés du maître, et jamais David Téniers n'a été plus fin, plus net, plus spirituel de touche que dans ce tableau représentaut la galerie de l'archiduc Albert, avec ses toiles de différentes écoles, ses armures et ses curiosités de toutes sortes. Quelle honnête candeur et quel charme naïf sur ce doux visage, sur cette petite tête de jeune fille, sorte de miniature à l'huile, de Gérard Dov! N'est-ce pas un bijou à entourer d'un cercle de brillants? Est-il besoin de louer, du même peintre, la *Jeune fille allumant une lanterne*, les *Préparatifs du souper*, la *Jeune femme se regardant à un miroir?* Quelle est jolie cette jeune coquette, dans cet intérieur qu'embellit le luxe hollandais avec ses lustres en cuivre, ses cheminées à colonnes, ses tapis de Turquie, ses chaises à crépines, ses vases de fleurs, ses instruments de musique, sans compter les petits chiens qui dorment ou aboient à quelque angle de la composition. Vous trouvez là Paul Potter menant paître ses animaux, des vaches et des moutons qui broutent de l'herbe vraie; Mieris nous montre son *Tripot* et son *Marchand de gibier*; Van Huysum, ses fruits qui ont la fleur du velouté, ses bouquets qui sentent bon, et tout son monde d'insectes, papillons, abeilles, mouches, fourmis voltigeant, bourdonnant et courant sur les pétales et les feuillages parmi les perles de rosée. Ici Backuysen secoue et blanchit d'écume les eaux jaunes de la mer du Nord; là Wouwermann part pour la chasse, groupant au bas de la terrasse du château les cavaliers galants et les belles dames se mettant en selle sur les chevaux à croupe satinée, ou bien il poursuit en grande compagnie le héron dans un marais. Ostade enveloppe ses bonshommes naïfs d'une chaude atmosphère brune; Terburg envoie une dépêche ; Van Goyen fait glisser des barques sur le canal Gouda ; Denner détaille au microscope les rides d'un vieillard et d'une vieille ; Schalken descend à la cave, la lanterne ou la chandelle à la main ; Karl de Moor met une guitare sur les genoux d'une jeune femme, et le chevalier Adrien Van der Werff, sous le titre de *Déclaration d'amour*, nous montre les plus délicieuses épaules et la plus charmante nuque de Nymphe qu'il ait jamais polies dans son ivoire. Il y a encore des fleurs de Van Pol et de Van Spaëndonck, des animaux d'Ommeganck, les derniers maîtres de cette école si nombreuse et si fertile : tout cela classé avec cette mesure, ce goût et cette science qu'apporte M. Haro dans cette opération délicate qu'on appelle une vente de tableaux. Toute attribution hasardeuse a été écartée ; aucun musée n'offrirait plus de certitude. Mais. avant de finir, réparons un oubli : nous nous apercevons que nous n'avons pas parlé d'une magnifique tête de Greuze, qui semble une étude pour *la Malédiction paternelle ;* d'une *Chasse au sanglier*, de Carl Vernet, pleine de feu et d'esprit, et d'un tableau charmant de Boucher, *l'Atelier du peintre*, d'une couleur délicieuse, d'une touche libre et légère, d'un adorable désordre pittoresque, et qu'il est curieux de comparer aux mêmes sujets traités par Meissonier avec une conscience et une précision si étonnantes. Quel charmant dessus de porte ferait, pour un château princier, ce paysage frais et gai comme un décor d'Opéra, où folâtrent dans l'eau transparente des paysannes qui ont l'air de Nymphes, tant elles sont coquettes et jolies ! Boucher, décorateur, n'a rien fait de plus galamment troussé. Dans cette galerie, la sculpture n'a, pour lutter contre l'attrait de sa sœur la peinture, qu'une statue, mais elle est de Clésinger. C'est une Hélène de grandeur naturelle, du marbre le plus pur, du travail le plus fin et le plus exquis, qu'on pourrait prendre, tant elle est belle, pour un portrait fait d'après nature par un artiste grec, si, du temps de la guerre de Troie, la sculpture eût atteint cette perfection. C'est bien là cette majestueuse et noble Tyndaride, la blanche fille du cygne, devant qui les vieillards assis aux portes Scées se levaient quand elle passait. Ses draperies voilent son beau corps, sans le cacher ; sa main distraite joue avec les grains de son collie de perles, et sa tête s'incline légèrement. Elle rêve : à qui? A Pâris, sans doute, à Ménélas peut-être, car Homère nous peint Hélène vertueuse et subissant comme à regret de fatales amours.

THÉOPHILE GAUTIER.

TABLEAUX MODERNES

BOULANGER (Gustave-Rodolphe)

né à Paris. — Élève de Paul Delaroche et de M. Jollivet.

1. — **Tarquin chez Lucrèce.**

B. — H., 0^{m},35. — L., 0^{m},27.

BRASCASSAT (Jacques-Raimond)

né à Bordeaux, mort en 1867. — Élève de Richard et Hersent.

2. — **Épagneul rapportant un faisan.**

Peint d'après nature, avec un vif sentiment de réalité et de conscience.

Signé à droite : *R. Brascassat.*

T. — H., 0^{m},40. — L., 0^{m},52.

CABAT (Louis)

né à Paris. — Elève de M. Flers.

3. — Paysage.

L'Etang des bois.
Signé en bas, à droite : *L. Cabat.*

H., 0^{m},25. — L., 0^{m},33.

CHASSERIAU (Théodore)

né à Samana, mort en 1856. — Élève de M. Ingres.

4. — Combat de cavaliers arabes.

C'est l'une des dernières œuvres de cet artiste si regretté et qui promettait à l'art un maître de premier ordre.

Ce tableau résume en quelque sorte les qualités éclatantes de Chasseriau, la fougue et le coloris merveilleux de Delacroix, avec une finesse de dessin, une harmonie de détail, une entente d'ensemble qui révèlent une organisation d'élite. Les chevaux sont peints avec une verve et une maestria étonnantes ; et quelle énergie dans les deux chevaux du centre, qui s'attaquent des dents avec furie, en même temps que leurs cavaliers se combattent !

Signé et daté 1853.

B. — H., 0^{m},38. — L., 0^{m},52.

COMTE

5 — Jeune femme, costume Henri III, faisant manger un oiseau.

Signé : *H. C. Comte.*

B. — H., 0^{m},40. — L., 0^{m},32.

COROT

né à Paris. — Élève de Bertin.

6. — Paysage.

Un lac, campagne de Rome; des petites figures (danseuses) animent le paysage.

Le site, l'exécution, l'effet de lumière de ce tableau sont des plus réussis.

Signé à gauche : *Corot.*

T. — H., 0^{m},43. — L., 0^{m},55.

COROT

7. — La Zingara.

Une bohémienne est assise sur un tertre de gazon dans un de ces paysages mélancoliques et doux que le maître affectionne. Comme Mignon, elle rêve à quelque bonheur enfui et laisse retomber d'un geste plein de lassitude sa guitare.

Une figure de cette importance, de cette énergie et de ce relief est rare dans l'œuvre du maître.

Signé en haut, à droite : *Corot.*

T. — H., 0^{m},57. — L. 0^{m},41.

COURBET (Gustave)

né à Ornans (Doubs).

8. — Hallali de chevreuil.

Une biche forcée expire sur la neige (Jura).

Ce tableau, exposé au Salon de 1857, a obtenu un très-grand succès parmi les artistes et les amateurs. Effectivement son exécution et son effet le classent au premier rang des œuvres du maître d'Ornans.

Signé : G. *Courbet.*

T. — H., 0^{m},91. — L., 1^{m},50.

COURBET (GUSTAVE)

9. — Le Renard.

Effet de neige.

Cette composition, avec des éléments si simples, produit un effet étonnant; cette nature ensevelie dans un suaire de glace, cette solitude crépusculaire où apparaît inquiet et affamé un renard dévorant un mulot, sont traitées de main de maître.

Signé en bas, à gauche : *Gustave Courbet.*

(Pendant de la *Biche forcée.*)

T. — H., 0m,86. — L., 1m,28.

COURBET (GUSTAVE)

10. — La Jeune Baigneuse.

Un jour d'été, que tout était lumière...

(VICTOR HUGO.)

Malgré sa dimension moyenne, nous considérons ce tableau comme une œuvre importante par le fini de l'exécution, les eaux transparentes, la fraîcheur du paysage et les qualités blondes de lumière et de plein air.

Signé à gauche : G. *Courbet.*

T. — H., 1m,28. — L. 0m,96.

DAUBIGNY

né à Paris. — Elève de son père et de Paul Delaroche.

11. — Le Passeur de l'Oise.

A droite, sous un magnifique bouquet de peupliers vigoureusement élancés, le passeur, après avoir chargé sa barque d'animaux et de paysans, tire sur la passerelle.

Une seconde barque attend d'autres paysans, qui descendent la berge. Au loin remontent les rives de l'Oise, bordées d'arbres et de fabriques, d'où se détache la blanche silhouette d'une église.

Au premier plan, la rivière glisse calme et profonde et reflète avec des reliefs charmants les silhouettes de la rive. Un ciel doux et mélancolique, merveilleusement compris et rendu, estompe délicieusement ces calmes et vastes horizons.

Signé : *Daubigny*, et daté 1854.

T. — H., 0^{m},62. — L., 0^{m},99.

DECAMPS

né à Paris, mort à Fontainebleau le 22 août 1860.
Elève d'Abel de Pujol.

12. — Chasseurs au miroir.

Ce tableau très-populaire a été exposé de nouveau par le grand artiste en 1855.

Collection de M. le duc de Morny.

Signé dans le bas : *Decamps*.

T. — H., 0^{m},35. — L., 0^{m},50.

DECAMPS

13. — Chasseur au marais.

Œuvre capitale. — Salon de 1855.

Signé et daté sur un tronc d'arbre : *Decamps*, 49.

T. — H., 0^{m},51. — L., 0^{m},39.

DECAMPS

14. — Bassets sous bois.

Signé à gauche, sur le terrain : *D. C.*

B. — H., 0^{m},23. — L, 0^{m},19.

DECAMPS

15 — Une rue d'un village des environs de Paris.

Salon de 1855.
Signé à droite : *Decamps.*

T. — H., 0m,31. — L., 0m,40.

DECAMPS

16 — L'Atelier de poteries italiennes.

Composition importante avec figures ; intérieur inondé de lumière. Superbe qualité du maître !
Signé à droite, sur le mur.

H., 0m,49. — L., 0m,65.

DELACROIX (Eugène)

né à Charenton en 1798, mort en 1863.
Élève de Guérin.

17. — Massacre de l'évêque de Liége.

Guillaume de La Marck, surnommé le Sanglier des Ardennes, s'empara du château de l'évêque de Liége, aidé des Liégeois révoltés. Au milieu d'une orgie dans la grande salle et placé sur le trône pontifical, il se fait amener l'évêque, revêtu, en dérision, de ses habits sacrés, et le laisse égorger en sa présence. (Walter Scott, *Quentin Durward.*)

L'apparition de cette toile célèbre causa dans son temps une vive sensation parmi les artistes et les amateurs. C'est une des compositions où le grand artiste a déployé le plus de génie ; en un mot, c'est un des chefs-d'œuvre de l'art moderne, une de ces toiles que se disputeront les plus riches galeries de l'Europe et qui est destinée à être l'honneur d'un musée.

Salon de 1831, exposé de nouveau en 1855.
Provient de la collection de S. A. R. le duc d'Orléans.

T. — H., 0m,89. — L., 1m,16.

DELACROIX (Eugène)

18. — Le Tasse dans la prison des fous.

Composition et exécution admirables!

Ce tableau laisse une impression saisissante par sa vérité d'expression et son caractère indéfinissable. Qui a vu une fois ce chef-d'œuvre ne peut l'oublier.

Salon de 1855.

Acheté par S. A. R. le duc d'Orléans et donné par lui à Alexandre Dumas.

T. — H., 0m,49. — L., 0m,61.

DELACROIX (Eugène)

19. — Légende écossaise.

Signé à droite : *E. Delacroix.*

T. — H., 0m,26. — L., 0m,30.

DELACROIX (Eugène)

20. — Saint Sébastien secouru par les saintes femmes.

Salon de 1859.

Signé au bas, à droite, et daté 1858.

H., 0m,36. — L., 0m,50.

DELACROIX (Eugène)

21. — L'Abreuvoir, souvenir du Maroc.

Composition importante d'une grande harmonie, l'exécution a un charme inimitable de couleur et de touche. C'est une des dernières œuvres importantes du peintre.

Signé en bas, à droite : *Eug. Delacroix*, 1862.

T. — H., 0m,72. — L., 0m,91.

DELACROIX (Eugène)

3.000. 22. — L'Éducation d'Achille. Gavet.

Pastel. — Signé : *Eug. Delacroix.*

H., 0m,29. — L., 0m,41.

DIAZ DE LA PENA (Narcisse)

né à Bordeaux.

1.000. 23. — Paysage, environs de Fontainebleau. Brame.

B. — H., 0m,38. — L., 0m,52.

DIAZ

1.200. 24. — Fleurs, roses, etc., etc. Brame.

Signé : *N. Diaz.*

Peint par le maître sur un panneau du cabaret de Barbizon.

B. — H., 0m,70. — L., 0m,42.

DIAZ

2.860. 25. — Vénus et Adonis. Brame.

Salon de 1859.

Signé en bas, à gauche : *N. Diaz.*

T. — H., 0m,45. — L., 0m,34.

DUPRÉ (Jules)

2.650. 26. — Paysage, effet de soleil couchant. Alex. Dumas fils.

Signé en bas, à droite : *Jules Dupré.*

T. — H., 0m,23. — L., 0m,35.

FROMENTIN (Eugène)

né à la Rochelle. — Élève de M. L. Cabat.

27. — **Tribu nomade en marche vers les pâturages du Tell.**

Ce tableau, exposé au Salon de 1866, est une des œuvres capitales de l'artiste ; tous les détails sont rendus avec un charme et un esprit remarquables.

Médaillé à l'Exposition universelle.

T. — H., 0^m,70. — L., 1^m,04.

FROMENTIN

28. — **Départ pour la chasse (Afrique).**

Des cheiks arabes, montés sur des chevaux superbes, se sont donné rendez-vous pour la chasse dans une vaste plaine bordée au loin par les mamelons de l'Atlas. A gauche, assis à terre, un Arabe tient en laisse deux beaux lévriers ; à droite, un autre Arabe arrive lentement, traînant après lui une haridelle chargée de bagages.

Un ciel éblouissant, une perspective immense, rendent avec bonheur l'impression du pays.

T. — H., 0^m,43. — L., 0^m,83.

FROMENTIN

29. — **Le Rendez-vous de chasse (Arabes).**

Signé : 1854, *Eugène Fromentin.*

T. — H., 0^m,43. — L., 0^m,84.

FROMENTIN

30. — **Sujet arabe.**

Cavaliers sous des palmiers, vue de El Aghouat.
Signé à droite : *Eugène Fromentin.*

T. — H., 0^m,38. — L., 0^m,66.

FROMENTIN

2.400.. **31. — Une Halte d'Arabes.**

Signé en bas, à gauche : *Eugène Fromentin.*

T. — H., 0^m,33. — L., 0^m,57

GÉROME (J.-L.)

né à Vesoul. — Élève de Paul Delaroche.

15.000. **32. — Louis XIV et Molière.** Goupil.

Signé à gauche, sur la porte : *J.-L. Gérome.*

B. — H., 0^m,42. — L. 0^m,75.

GÉROME

21.000. **33. — Le Marchand d'habits.** Say.

A été exposé en 1867.
Signé à droite : *J.-L. Gérome.*

B. — H., 0^m,46. — L., 0^m,56.

INGRES (Jean-Auguste-Dominique)

né à Montauban en 1781, mort à Paris en 1867. — Élève de David.

20.000. **34. — Le Bain turc.** Say

Signé.

T. ronde. — H., 1^m,07. — L., 1^m,07.

INGRES

5.000. **35. — Vénus couchée.**

Copie faite à Florence, d'après le tableau de Titien exposé dans la tribune au musée des Offices; elle est sur toile.
Titien copié par Ingres.
Toile signée : *Ingres*, d'après le Titien. Florence, 1822.

T. — H., 1^m15. — L., 1^m,67.

INGRES

1.550. **36. — Femme couchée et endormie.** Garin.

3.000. **37. — Femme couchée (pendant du précédent).** Hérodia.

Signés : *Ingres.*

. ovale.

ISABEY (Eugène)

né à Paris. — Élève de son père, J.-B. Isabey.

2.000. **38. — Bataille navale sous Louis XIII.** Say.

Signé : *E. Isabey.*

T. — H., 0^m,56. — L., 0^m,82.

ISABEY (Eugène)

2.400. **39. — La Tentation.**

Signé en bas, à droite : *E. Isabey*, 53.

T. — H., 0^m,47. — L., 0^m 35.

ISABEY (Eugène)

40. — Mariage sous Louis XIII.

Signé en bas, à gauche : *E. Isabey*, 64.

T. — H., 0m73. — L., 0m,55.

LEYS (Henri)

né à Anvers.

41. — Le Message.

Signé sur la draperie. Provient de la collection Demidoff.

B. — H., 0m,81. — L., 0m,93.

P. MARILHAT

42. — Paysage avec figures. (Une rue du Caire.)

Signé : *P. Marilhat.*

T. — H., 0m,41. — L., 0m,64.

MEISSONIER (Jean-Louis-Ernest)

né à Lyon. — Élève de M. Léon Cogniet.

43. — Les Amateurs de peinture.

Signé à droite.

B. — H., 0m34. — L., 0m,28.

MEISSONIER

44. — Le Joueur de guitare.

Signé à gauche : *Meissonier*, 1865.

B. — H., 0m,28. — L., 0m,22.

MEISSONIER

11.500. **45 — L'Étape solitaire.** Petit.

Signé : *Meissonier*, à gauche et daté.

B. — H., 0m,18. — L., 0m,24.

PETENKOFFEN

1.550. **46. — L'Avant-garde. (Cavaliers autrichiens.)** Garin.

Délicieux petit tableau d'une vérité et d'un fini merveilleux.
Signé : *Petenkoffen*.

B. — H., . — L., .

PRUDHON

47. — La Vérité montant au ciel.

T. forme ronde. — H., 0m,38. — L., 0m,38.

ROQUEPLAN (Camille)

né à Mallemort, mort en 1855. — Élève de Gros.

2.300. **48. — Paysage avec figures. (Le passage du ruisseau par des paysannes de la vallée d'Ossau.)** Coster.

Signé : *C. Roqueplan*.

T. — H., 0m,37. — L., 0m,27.

ROQUEPLAN (Camille)

1.450. **49. — Le vieux Pont de bois de l'île Saint-Louis.** Say.

L'artiste a choisi l'un des points les plus pittoresques de Paris, et son œuvre est aujourd'hui d'autant plus intéressante, que la transformation de la capitale a emporté le site si bien décrit dans ce charmant tableau.

Un bateau à vapeur incline sa cheminée pour glisser sous le pont.

Le vieux Paris étale à droite et à gauche ses pittoresques constructions, que dominent la haute coupole du Panthéon et le campanile de Saint-Etienne-du-Mont.

T. — H., 0^{m},42. — L., 0^{m},61.

ROUSSEAU (Théodore)

né à Paris.

50. — Grande allée de châtaigniers.

Œuvre capitale du maître.
Signé à gauche : *Th. Rousseau.*

T. — H., 0^{m},76. — L., 1^{m},44.

ROUSSEAU (Théodore)

51. — Paysage, soleil couchant. (Prairie avec étang.)

B.— H. 0^{m}34. — L., 0^{m},21.

ROUSSEAU (Théodore)

52. — Paysage. — Un marais (Landes).

Signé à gauche : *Th. R.*

T. — H., 0^{m},27.— L., 0^{m},42.

ROUSSEAU (Théodore)

53. — Paysage. (Prairie boisée avec étang.)

B. — H., 0m,41.— L., 0m,62.

ROUSSEAU (Théodore)

54. — Paysage.

Lisière de bois, plaine de Barbizon, près de Fontainebleau.

B. — H., 0m,37.— L., 0m,54.

ROUSSEAU (Théodore)

55. — Paysage.

Signé en bas à droite : *Th. Rousseau.*

B. — H., 0m,37. — L., 0m,53.

SAINT-JEAN (Simon)

né à Lyon (Rhône) en 1808, mort en 1860. — Élève de P. Revoil.

56. — Fruits.

Signé : *Saint-Jean*, 1852.
Collection de M. le duc de Morny.

B.— H., 0m,41. — L., 0m,32.

SCHENCK

57. — La Remise des chevreuils.

Signé : *Schenck*, 1866.

H., 0m,70. — L., 1m,30.

SCHENCK

58. — **Les Chèvres du Mont d'Or.**

Signé : *Schenck.*
(Pendant du précédent.)

H., 0^{m},70. — L., 1^{m},30.

STEVENS (Alfred)

né à Bruxelles.

59. — **La Séduction.**

Signé en haut : *Stevens.*

T. — H., 0^{m},40. — L., 0^{m},46.

TROYON (Constant)

né à Sèvres, mort à Paris. — Élève de Riocreux.

60. — **Paysage et animaux (pâturage normand).**

Signé au bas : *C. Troyon*

B.— H., 0^{m},49. — L., 0^{m},70.

TROYON

61. — **Paysage avec figure et animaux.**

Signé à gauche, dans le bas : *C. Troyon.*

B. — H., 0^{m},31 — L., 0^{m},39.

TROYON

5.500. 62. — Les Porteurs d'eau. Say.

Paysage avec figures.
Signé à gauche : *C. Troyon.*

T. — H., 0m,70. — L., 0m,95.

TROYON

1.750. 63. — Effet d'automne dans la forêt de Fontainebleau. Hérodia.

Signé : *Troyon.*

H., 0m,50. — L., 0m,60.

TSCHAGGENY (Edmond)

10.700. 64. — Bergère et Moutons. Hérodia.

Connu sous le nom du *Coup de vent.*
Signé à gauche : *Edmond Tschaggeny*, 1861.
Collection Mayer.

T. — H., 0m,80. — L., 1m,30.

VAUTIER (B.)

(ÉCOLE DE DUSSELDORF)

7.500. 65. — La Vente à la criée. Say.

Signé à droite : *Vautier,* 1861.
Collection Mayer.

T. — H., 0m,95. — L., 1m,39.

VERNET CARLE (Antoine-Charles-Horace, *dit* Carle)

né à Bordeaux en 1758, mort en 1835. — Élève de Lepicié.

66. — Chasse au sanglier.

Tableau de premier ordre dans l'œuvre du peintre.
Signé : *Carle Vernet; Rome,* 1831.

T. — H., 0m,63. — L., 0m,83.

WILLEMS et DAVID DE NOTTER

67. — La Bouquetière.

Dans une salle haute, tendue de cuir de Cordoue et fermée par de riches tentures de velours, une jeune fille compose un bouquet. Devant elle, sur une table couverte d'un splendide tapis, s'éparpillent une quantité de fleurs de toutes sortes; sur un tabouret, est déposée une guitare.

Tout le monde sait avec quel talent prodigieux, quel fini et quel éclat de Notter reproduit la variété des natures mortes.

Willems a peint la jeune bouquetière de son pinceau le plus délicat, le plus velouté. Tous les accessoires de ce charmant tableau sont rendus avec une vérité, une élégance, qui rappellent les anciens Flamands; l'effet général est délicieux, plein de distinction, de calme et de poésie.

Signé : *Willems et David de Notter*, 1859.

B. — H., 0m,66. — L., 0m,52.

ZIEM

68. — Vue de Venise.

Signé en bas, à droite : *Ziem.*

B. — H., 0m,35. — L., 0m,65.

MARBRE

CLÉSINGER (Jean-Baptiste-Auguste)

17.000. 69. — **Hélène.** Sabatier. —

Statue en marbre, de grandeur naturelle. Ses draperies voilent son beau corps, sans le cacher ; sa main distraite joue avec les grains de son collier de perles, et sa tête s'incline légèrement.

Cette statue, du marbre le plus pur, du travail le plus fin, le plus exquis, une des plus importantes dans l'œuvre de l'artiste, a, dans son ensemble comme dans les moindres détails, un caractère d'élévation et de noblesse qui la rend digne, indépendamment de sa beauté, d'être placée dans un musée. Ce serait, pour une habitation somptueuse, la plus belle décoration qu'on puisse rêver.

TABLEAUX ANCIENS

BACKUISEN (Ludolph)

Peintre graveur, né à Endine en 1631, mort en 1709.
Élève d'A. Van Everdingen.

70. — Marine.

Sur une mer houleuse, des matelots dirigent plusieurs barques; un grand bateau-chaland hollandais, poussé par le vent, s'éloigne de la côte. Dans le fond, plusieurs voiles à l'horizon.

Signé : *L. B.* sur le pavillon de la première barque.

T. — H., 0^{m},30. — L., 0,52.

BOTH (Jean)

Peintre graveur, né à Utrecht en 1610, mort en 1650.

71. — Sous un beau ciel d'été, au pied d'immenses ruines d'un vieux château, une petite montée de buissons et de fleurs conduit à une hôtellerie.

Au pied des hautes murailles, jaillit une fontaine qui déverse ses eaux dans un bassin, autour duquel s'attroupe une population pittoresque. Un muletier déharnache sa bête chargée de marchandises, un autre examine une blessure qu'il s'est faite au pied, d'autres boivent ou emportent des cruches pleines. A droite, le paysage se profile à travers un pays couvert de ruines. Un vieux pont traverse la route d'une arche immense, et une population affairée de cavaliers et de piétons circule dans toutes les directions.

Quand on rencontre une page aussi belle et aussi grande de Both, on comprend l'admiration des contemporains, qui plaçaient ce maître immédiatement après Claude. En effet, cette entente savante de la lumière, ces perspectives infinies qui s'éteignent dans un ciel éblouissant, cette touche si élégante, si spirituelle, font de cette belle œuvre un merveilleux échantillon du maître. Ce tableau a fait partie des galeries Van Coolen, Moretus d'Anvers, etc., etc. Les figures sont de son frère Andries.

T. — H., 0^{m},66. — L., 0^{m},76.

BOUCHER (François)

né à Paris en 1704, mort dans la même ville le 30 mai 1770.
Élève de Lemoine.

72. — L'Atelier du peintre.

Un jeune homme, exerçant son art dans un galetas où tout annonce à la fois l'indigence et le désordre, achève un paysage placé sur un chevalet. Près de cet artiste, dont le visage respire l'insouciance la plus prononcée, se groupent sa femme portant un enfant dans ses bras, un élève qui interrompt le broyage de couleurs pour voir opérer son maître, et enfin un plus jeune disciple, qui, vêtu d'habits déchirés, les pieds nus et le portefeuille sous le bras, vient prendre sa leçon dans cet étrange atelier.

Un quartier de mouton et une botte d'oignons suspendus ensemble au plancher, un pinceau posé à terre, une cruche, une pipe et quelques autres accessoires aussi peu relevés complètent cette composition, qui est rendue avec beaucoup d'esprit.

Provient de la collection Pourtalès.

T. — H., 0^m,38. — L., 0^m,30.

BOUCHER (François)

73. — Paysage avec figures. — Les Baigneuses.

Ce tableau est peint avec une facilité incroyable; composition ravissante. On comprend la vogue prodigieuse que cet artiste obtint de son vivant; en effet, il est difficile de rencontrer une plus jolie décoration de boudoir.

Signé à gauche : *F. Boucher,* sur une marche d'escalier.

Vente Demidoff.

T. — H., 0^m,45. — L., 0^m,64.

BOUCHER (François)

74. — Mademoiselle B.

Ce tableau nous représente une des artistes les plus célèbres du temps à sa toilette. — Une tourterelle, nichée dans les étoffes et les fleurs, regarde sa maîtresse.

Ce tableau a appartenu à S. M. le roi de Bavière.

T. ov. — H., 0^m,66.

DENNER (Balthazar)

né à Hambourg en 1685, mort dans la même ville le 14 avril 1747.

75. — Portrait d'homme.

Il paraît âgé d'environ soixante ans; physionomie expressive, exécution prodigieuse par son fini.

76. — Portrait de femme.

Pendant du précédent et de la même qualité.

B.

DOV (Gérard)

né à Leyde en 1613, mort en 1680 ?

77. — Portrait d'une petite fille.

Elle tient de la main gauche un livre; de sa droite, elle fait un geste, et elle regarde presque de face. Tête nue, cheveux blondins.

Vrai bijou.

Signé : *G. Dov* : (le D faisant monogramme avec le G).

Porté aux catalogues de 1719 et de 1746, n° 535 du catalogue de 1857, n° 23 du catalogue de la galerie Pommersfelden, 1867.

B. ov. — H., 0m,10 1/2. — L., 0m,8.

DOV (Gérard)

78. — Jeune fille se préparant à allumer une lanterne.

Elle a sur sa tête une faille blanche, corsage rouge, jupon bleuté. Elle apparait dans l'arc d'une fenêtre, dont l'appui est orné d'un bas-relief. — Effet de lumière très-gai.

Signé à droite contre le pan de la fenêtre : *G. Dov* (le D faisant monogramme avec le G).

Porté aux catalogues de 1179 et de 1746, n° 341 du catalogue de 1857, n° 22 du catalogue de la galerie Pommersfelden, 1867.

H., 0m,27. — L., 0m,21.

DOV (Gérard)

79. — Préparatifs du souper.

Sur une table éclairée par une chandelle, une jeune fille trèscharmante dispose des assiettes, des verres, du pain ; une petite fille debout, tenant de la main gauche une lanterne allumée, lui présente un papier. Au fond, un vieil homme fume devant la cheminée. En avant à droite, une chaise avec un coussin rouge, et une chaufferette. En haut, grandes draperies. Prestigieux effets de trois lumières différentes.

Composition très-importante, superbe qualité.

Signé.

Mentionné dans les catalogues de 1719 et de 1746, n° 74 du catalogue de 1857, n° 20 du catalogue de la galerie Pommersfelden 1867.

H., 0m,35. — L., 0m,44.

DOV (Gérard)

80. — La Jeune fille au miroir.

Dans un riche intérieur hollandais, une jeune fille, vue de profil, se mire dans une glace qui rend son image de face. Sur une table recouverte d'un riche tapis et sur des chaises brillamment étoffées, sont déposés des instruments, des livres et tous ces accessoires dont le pinceau spirituel, souple et magique de Gérard Dov se complaît à meubler ses intérieurs.

Tout le monde connaît ce coloris éblouissant, cette touche fondue et savante et les effets prodigieux que ce maître étonnant tire des détails les plus simples. Ce qui distingue surtout Girard Dov dans l'école, c'est que ces couleurs si vives, cette touche si précieuse, cette exécution si incroyablement minutieuse, ne produisent rien de sec ni de maniéré.

L'effet est d'un moelleux, d'une souplesse et d'une vérité étonnante; l'ensemble est chaud, suave, harmonieux et vrai comme la nature elle-même.

Ce tableau a fait partie de la galerie du cardinal Fesch.

B. — H., 0m,33. — L., 0m,40.

FRAGONARD (Jean-Honoré)

né à Grasse en 1732, mort à Paris le 22 août 1806.

81. — Portrait de Mme Dubarry.

H., . — L., .

GOYEN (JAN VAN)

82 — Le Canal de Leyde.

Sur le premier plan, un magnifique bouquet d'arbres s'élance dans un ciel présageant de l'orage; au pied des arbres, passe la grande route, sur laquelle un cavalier s'arrête pour parler à deux paysans; un autre, assis sur le bord de la route, les regarde. A gauche le canal, au bord duquel passent des paysans avec des bestiaux. Au fond, la ville et ses clochers. A droite, un vaste paysage avec des bouquets d'arbres, et sur un plan plus rapproché, un femme qui trait une vache.

Le ciel est merveilleux d'effet et d'harmonieuse justesse; le tableau est soigné dans tous ses détails avec un amour tout spécial ; le tout enveloppé dans cette lumière blonde, délicate et transparente qui distingue ce maître si admiré en Hollande.

Ce tableau a toujours été regardé comme l'un des chefs-d'œuvre de Van Goyen.

B. — H., $0^{m},59$. — L., $0^{m},84$.

GREUZE (JEAN-BAPTISTE)

né à Tournus le 21 août 1725, mort au Louvre le 21 mars 1805.

83. — Tête d'enfant.

Étude du tableau de *la Malédiction paternelle.*

La touche, l'exécution sont de la meilleure manière du maître.

Ce tableau est d'une pureté et d'une conservation parfaite.

T. — H., $0^{m},40$. — L., $0^{m},32$.

Galerie du comte de Perregaux.

GREUZE

84. — L'Attente.

Une jeune fille, le sein à moitié découvert, l'œil délicieusement enfiévré d'espoir, semble entendre les pas de celui qu'elle attend.

C'est une des ravissantes exécutions du maître.

Ce tableau a été conservé cinquante ans dans la famille qui l'avait commandé; il est peint dans sa manière moelleuse.

T. — H., . — L., .

HOET (Gérard)

né à Bommel en 1648, mort à La Haye en 1733.
Elève de W. Van Rysen.

85. — Sacrifice à Bacchus.

Les vendanges approchent, on célèbre la fête du dieu de la vigne, debout sur son piédestal, où s'enroule une bacchanale sculptée en relief; l'encens fume sur le trépied. De jeunes et charmantes femmes, les unes debout, les autres à genoux, offrent au dieu des paniers de raisins et des fleurs.

Dans la plaine s'avance une longue procession de peuple; hommes, femmes et enfants qui viennent sacrifier le bouc typique à Bacchus.

B. — H., $0^m,27$. — L., $0^m,36$.

HUGTENBURG (Jean Van)

né à Harlem en 1646, mort en 1733. Frère et élève de Jacob Van Hugtenburg.

86. — La Bataille.

J. Van Hugtenburg est un des peintres qui se soient le plus approché des Wouwermann. Le tableau que nous décrivons ici est une de ses œuvres importantes; il a été peint pour le prince Eugène de Savoie.

Au premier plan, les officiers des deux armées se combattent dans une mêlée furieuse. Les armes déchargées à bout portant, les chevaux qui se cabrent et se mêlent à la lutte, les blessés, les mourants : tout cela est rendu avec une fougue et un effet prodigieux. Au second plan, les armées sont aux prises et le choc se perd dans un immense fourmillement.

Au-dessus du champ de bataille, se dresse une forteresse démantelée, et l'horizon est encadré par des montagnes.

Le ciel est en feu, d'un effet énergique, et s'harmonise merveilleusement avec cette scène formidable.

Hugtenburg a déployé dans ce beau tableau toutes ses plus brillantes qualités.

B. — H., 0m,50. — L., 0m,62.

HUYSUM (Jean Van)

87. — Groupe de fruits et de fleurs.

Van Huysum est le roi des peintres de fleurs; il a poussé son art à ses limites extrêmes. Aujourd'hui ses œuvres se sont classées dans les musées publics.

Sur une table de marbre s'entassent des pêches, tenant encore aux branches; des noisettes, des groseilles, de magnifiques grappes de raisins noirs et blancs se tordant autour des ceps. A travers ce monde de feuillages, fleurs et fruits, circulent, volent et se traînent des mouches microscopiques, des papillons émaillés, des escargots, des fourmis affairées; de ravissantes gouttelettes de rosée tremblent au bord des feuilles et mouillent les fleurettes. Tout cela est compris, composé, et rendu avec un talent inimitable.

Signé : *Jean Van Huysum fecit.*

C. — H., 0m,39. — L., 0m,30.

MIERIS (Wilhem Van)

né à Leyde en 1862, mort en 1747.

88. — Le Cabaret.

Dans une vaste salle encombrée de tous ces détails d'ameublement hollandais où se complaisent les fantaisies des Flamands, deux hommes ont festoyé; des pipes cassées, un damier à terre, la table en désordre, témoignent des excès commis. Le plus jeune de nos viveurs s'est endormi, et une jeune femme profite de son assoupissement pour lui enlever sa bourse. Son vieux compagnon conte fleurette à une autre jeune fille, au moment où la vieille épouse irritée entr'ouvre la porte de la salle.

B. — H., 0m,50. — L., 0m,45.

MIERIS (Wilhem Van)

89. — Le Marchand de gibier.

Sous une vaste arcade, un marchand de gibier décroche un superbe faisan pour l'offrir à une jeune et accorte cliente. Celle-ci tient au bras un panier garni de provisions et lui indique du doigt la somme qu'elle lui offre.

Des chapelets de perdrix, de canards, de lièvres, s'accrochent aux murs encadrant les deux figures et s'entassent sur le rebord de marbre, au-dessous duquel est sculptée une frise de petits amours lutins; au premier plan, gît un grand panier déjà vidé; puis mille détails rendus avec un esprit étonnant et un fini prodigieux. Mais ces merveilleux accessoires ne suffisent pas au riche pinceau du maître; il suspend au-dessus de ses personnages un splendide rideau relevé par des nœuds où Miéris prodigue tous les effets de sa palette.

Ce beau tableau a appartenu au cardinal Fesch.

B. — H., 0m,40. — L., 0m,33.

MOOR (Karl de)

né à Leyde en 1652, mort à La Haye en 1738.

90. — La Romance.

Une jeune fille habillée de satin blanc, assise sur le rebord d'un grand arceau gothique, joue de la guitare; derrière elle, un seigneur vêtu de rouge, la tête couverte d'un large chapeau noir à plumet rouge, écoute émerveillé.

Signé : *Karl de Moör.*

T. — H., 0m,38. — L., 0m,33.

OSTADE (Adriaan Van)

né à Lubeck en 1610, mort à Amsterdam en 1685.

91. — La Cinquantaine.

C'est un tableau capital.

Dans une vaste salle où le peintre a amoncelé et accroché aux murs tous les accessoires qu'aime à traiter son inépuisable et spirituelle fantaisie, dans un demi-jour féerique, une nombreuse compagnie est réunie pour festoyer et fêter la cinquantaine d'un joyeux couple campagnard. Tout le monde est gaiement occupé, les uns à manger, les autres à boire. Enfin le musicien donne le signal de la danse, et déjà un vieux s'est levé, donnant la main, d'un air goguenard, à une vieille commère.

Il est impossible de voir un ensemble plus complet, plus attrayant. Toutes les figures sont traitées avec une verve et un esprit étonnants; les détails sont rendus avec un soin infini, une vérité et un relief prodigieux.

La scène, baignée dans une lumière blonde et harmonieuse, ajoute une magie de plus à ce délicieux tableau.

B. — H., 0m,47. — L. 0m,37.

OMMEGANCK (Balthazar-Paul)

né à Anvers.

92. — Dans un charmant paysage, un vieux château en ruines; au pied du donjon, s'est arrêté un troupeau de moutons.

On a surnommé Ommeganck le dernier des grands animaliers flamands.

93. — Le pendant nous représente un troupeau de moutons dans un vaste paysage, au loin des arbres et des villages.

Signé.

B. — H., 0m,28. — L., 0m,40.

POL (Chrétien Van der)

né à Benkenrode en 1752, mort en 1813.

94. — **Corbeille de fleurs, bas-reliefs, roses et oiseaux parfaitement exécutés.**

95. — Pendant du précédent.

Corbeille de fleurs, bas-reliefs, roses et oiseaux parfaitement exécutés.

Pendant du précédent.

Signé sur le marbre : *Van Pol*, 1797.

B. — H., 0m,19. — L., 0m,16.

POTTER (Paulus)

né à Enckkuyzen en 1625, mort à Amsterdam en 1654.

96. — La Prairie.

Signé à droite : *P. Potter*.

B. — H., 0m,33. — L., 0m,37.

Galerie de M. le duc de Morny.

RUYSDAEL (Jacob)

né à Harlem vers 1630, mort dans la même ville en 1681.

97. — Le Moulin à vent.

L'une des œuvres les plus précieuses du maître.

Un magnifique moulin à vent occupe le premier plan; une rivière qui vient du fond tombe en cascade au pied du moulin; un vieux pont traverse la chute d'eau et conduit à la porte du meunier. Un homme à cheval traverse le pont. A gauche des figurines d'un esprit et d'une finesse remarquables se dirigent également vers le moulin; à droite, un bouquet d'arbres traité avec un soin et une perfection inouïs. A gauche un ravissant paysage, calme et reposé, d'où se lève le clocher pointu du village, et au loin une vieille tour dominant l'horizon.

Cet admirable tableau est peint du pinceau le plus délicat, dans la manière grasse et poétique du maître.

B. — H., 0m,46. — L., 0m,58.

SCHALKEN (Godfried)

né à Dordrecht en 1643, mort à La Haye en 1706.
Elève de G. Dov.

98. — La Surprise.

Une jeune et jolie fille est descendue dans la cave et tient en main le verre de vin qu'elle vient de tirer du tonneau et de vider. Le maître complaisant lui tient la lumière, qui fait saillir vivement les deux physionomies curieusement illuminées. Une lanterne de corne posée à terre laisse filtrer des lueurs étranges sur tous les objets environnants. Un coq pendu par les pattes, des jarres fantastiquement éclairées ; une foule d'ustensiles émergeant vaguement des pénombres et aux bords desquels s'accrochent des paillettes de cette lumière fauve. Derrière nos buveurs, survient tout à coup la vieille maîtresse, armée d'une troisième bougie.

Schalken est resté, dans le domaine de l'art, le maître incontesté de ces effets de nuit et de ces curieux prodiges d'optique.

Ce tableau est gravé.

B. — H., 0^m,45. — L., 0^m,35.

SPAENDONCK (Gérard Van)

né à Tilburg en 1746, mort en 1822.

99. — Oiseau, Fruits et Fleurs.

Ce tableau a toujours passé pour le chef-d'œuvre du maître.

Le peintre a choisi et assemblé sur ce panneau toutes ses prédilections, et a composé un chef-d'œuvre qui peut lutter avec les productions les plus merveilleuses de Van Huysum.

Dans une arcade encadrée de lierre, est posé un vase de marbre sur lequel sont sculptés en relief des Amours. De ce vase, s'épanouit un immense bouquet de fleurs de toutes sortes, Le pinceau du maître leur a prodigué tous les trésors de sa palette, tous les miracles de la patience et du travail le plus minutieux, le plus soigné, le plus étonnant. A travers ces gerbes de fleurs, de feuilles et de branchages, voltigent de ravissants papillons, circulent des mouches et des fourmis vivaces. La rosée tombe en gouttelettes cristallisées de feuille en feuille.

Au premier plan et sur le rebord de la table, sont éparpillées des branches de cerises et de pêches avec des fruits splendides. Un chardonneret plein de vie, les ailes éployées, vient picoter une pêche.

Ce tableau a appartenu à l'Impératrice Joséphine.

B. — H., 0m,68. — L., 0m,54.

TENIERS (David), le Jeune

né à Anvers en 1610, mort en 1690 ?
Élève de son père, David le Vieux.

100. — La Galerie de l'archiduc Albert, à Bruxelles.

Teniers lui-même montre à un gentilhomme un tableau que tient un page; en avant, un petit épagneul, et par terre, un globe, des livres, etc. Tous les petits tableaux accrochés aux lambris sont reconnaissables : Rubens, Van Uden, Van der Meulen, Teniers, etc. Qualité délicieuse.

Ce Teniers est décrit dans les catalogues de 1719 et de 1746, n° 537 du catalogue de 1857, n° 225 du catalogue de la galerie Pommersfelden, 1867.

C. — H., 0m,40. — L., 0m,50.

TENIERS (David), le Jeune

101. — Intérieur flamand avec figures, tableau connu sous le nom du Petit bonhomme à l'échelle.

Signé à gauche : *Teniers*.
De la galerie de M. le duc de Morny.

B. — H., 0m,43. — L., 0m,58.

TENIERS (David), le Jeune

102. — Intérieur d'écurie.

A droite, un cheval pie, vu presque de face et attaché à un poteau par un bridon rouge. A gauche, un autre cheval pie, que brosse un palfrenier; près de lui, à la porte cintrée de l'écurie, un gentilhomme debout, et ressemblant à Teniers lui-même, regarde. En avant, par terre, une selle en velours rouge et une selle en velours vert, une botte de paille et des brides.

Galerie Salamanca.

B. — H., 0^m,56. — L., 0^m,56.

TERBURG (Gérard)

né à Zwolle en 1608, mort à Deventer en 1681.
Elève de son père.

103. — La Dépêche.

Un officier, en casaque grise et coiffé d'un grand chapeau, dicte une dépêche à un jeune soldat, casqué et cuirassé, qui écrit. Tous deux sont assis à une table couverte d'un tapis rouge uni. Le trompette, debout, en casaque bleue et grandes bottes, attend. Un épagneul est couché en avant de la table. Fond : une haute cheminée à gauche, et, à droite, un lit enfermé dans ses rideaux brunâtres.

Tableau de premier ordre, signé du monogramme sur le barreau de la table.

Décrit dans les catalogues de 1719 et 1746, n° 427 du catalogue de 1857, n° 117 du catalogue de la galerie Pommersfelden, 1867.

T. — H., 0^m,74. — L., 0^m,51.

WATTEAU (Antoine)

né à Valenciennes en 1684, mort à Nogent le 18 juillet 1721.

104. — Le Voyage à Cythère.

Il est inutile de décrire cette œuvre capitale qui a toujours été citée comme le chef-d'œuvre du maître. Les belles gravures de Tardieu et de L. Cars ont popularisé cette scène ravissante.

Nulle part Watteau n'a déployé cette verve spirituelle et ce coloris magique. Comme importance, l'œuvre est hors ligne. Dans ce vaste paysage, sur ce navire mythologique, sur cette mer bleue, se jouent près de 80 personnages.

Watteau a donné l'esquisse à l'Académie pour sa réception et a peint le tableau pour M. Crozat.

T. — L. 1m,02. — H., 0m,82.

WERFF (Adrien Van der)

né près de Rotterdam en 1659, mort à Rotterdam en 1722.
Élève d'Eglon Van der Neer.

105. — Déclaration d'Amour.

Une jeune femme, vue de dos, le torse nu, est presque renversée par un jeune homme; au pied d'un arbre et derrière, un hermès du dieu Pan; près d'elle, un bouquet de fleurs. Au second plan, groupe de femmes assises : fond de paysage antique, avec un obélisque.

La nuque de la jeune femme, avec ses torsades de cheveux blonds, le modelé des épaules, les fleurs, le paysage, sont peints avec une délicatesse exquise.

Signé sur le tronc de l'arbre : *Ad. V. Werff fecit*, 1696.

N° 586 du catalogue de 1857; n° 130 du catalogue de la galerie Pommersfelden, 1867.

Ce tableau est le chef-d'œuvre de Van der Werff.

T. — H., 0m,47. — L., 0m,39.

WERFF (A. Van der)

106. — Le Jeu de cartes.

Trois petits garçons, en costumes élégants avec chapeaux emplumés, jouent au pied de ruines. Figures souriantes, expressions très-fines.

Signé : *A. V. der Werff fecit a° 1680.*

Ce Van der Werff est noté dans les catalogues de 1719 et de 1746 ; n° 587 du catalogue de 1857, n° 129 du catalogue de la galerie Pommersfelden, 1867.

B. — H., 0m,27. — L., 0m,28.

WOUWERMANN (Philips)

né à Harlem en 1620, mort dans cette ville en 1668.
Élève de son père et de Wisnants.

107. — Le Départ pour la chasse.

Cette composition capitale, qu'il faut classer au premier rang dans l'œuvre du maître et que la gravure a popularisée, a permis au peintre de représenter avec amour une scène dans laquelle il excellait. La perfection avec laquelle ce grand artiste a dessiné et peint les chevaux, le paysage, est inimitable. Quels soins prodigieux dans l'exécution de ces charmantes et spirituelles petites figures!

WOUWERMANN (Philips)

108. — La Chasse aux canards.

Ce tableau, de premier ordre par son exquise finesse, sa conservation, est de la plus belle qualité du maître.

Signé en bas, à droite, du monogramme : *Ph. W.*

Galerie de M. le duc de Morny.

B. — H., 0m,36. — L., 0m,32.

WOUWERMANN (Philips)

109. — L'Étrier.

Un paysan remet l'étrier à la selle d'un gentilhomme monté sur un cheval blanc. A droite, une paysanne debout, tenant par la main un petit garçon et portant un autre enfant contre son sein. Au second plan, un château. Lointains vaporeux. Superbe qualité et belle conservation.

Collection de Pommersfelden, catalogué sous le n° 363 et 137 de la vente.

B. — H., 0m,31. — L., 0m, 22.

Total Général 638.000f

Nota. on a dit qu'un spéculateur avait (avant la vente) acheté la collection environ de 700.000f. que la vente avait été annoncée faite publiquement — ~~[illegible]~~ à des [illegible] de Paris —.

Paris. — Typ. E. Panckoucke et Ce, quai Voltaire, 13.

— La vente de la collection Khalil-Bey a été terminée aujourd'hui. Cette vente faite par le ministère de Me Pillet, commissaire-priseur, et sous la direction de M. Haro, expert, a produit la somme totale de 642,005 fr.

Les tableaux qui ont atteint les prix les plus considérables sont les suivants :

La Séduction, par Stevens, 4,100 fr., à M. le comte Duchâtel.

L'Epagneul, de Brascassat, 4,100 fr., à M. Lupin

Le Chasseur au miroir, de Decamps, 5,000 fr., à M. Haro.

Le Passage du gué, de Fromentin, 23,500 fr., à M. Say.

L'allée de Châtaigniers, de M. Th. Rousseau, 27,100 fr., à M. Brame.

La Jeune Baigneuse, de Courbet, 3,700 fr., à M. Bellrys.

Saint Sébastien secouru, de Eugène Delacroix, 10,000 fr., à M. Brame.

L'Abreuvoir, du même, 15,000 fr., à M. Say.

Le Massacre de l'évêque de Liége, du même, 46,000 fr., à M. Brame.

Le Tasse dans la prison des fous, du même, 16,500 fr., à M. Haro.

L'Etape solitaire, de Meissonnier, 11,500 fr., à M. Charlet.

Les Amateurs de peinture, du même, 31,500 francs, à M. Say.

Le Joueur de guitare, du même, 16,000 fr., au comte Basileuski.

Le Marchand d'habits, de Gérôme, 21,000 fr., à M. Say.

Le Pâturage normand, de Troyon, 6,500 fr., à M. Bischofscheim,

Hélène, statue par Clesinger, 17,000 fr., à M. Sabatier.

L'Atelier du peintre, par Boucher, 19,000 fr., à M. Hulot.

La Déclaration d'amour, par Van der Werff, 20,000 fr., au marquis d'Herfort.

La Galerie de l'archiduc Albert, par Téniers, 15,300 fr., à M. Hulot.

La Chasse au canard, par Wouwermann, 20,050 fr., à M. Demidoff.

Portrait d'une petite fille, par Gérard Dov, 11,250 fr., à M. Demidoff.

Jeune fille et sa lanterne, par le même, 5,700 fr., à M. Berton.

Préparatifs du souper, du même, 8,500 fr., à M. Kane.

de budget a commencé. M. Crispi s'est

---

les premières années que j'ai passées à Brienne. J'étais heureux alors!... Puis la cloche se taisait, et il reprenait le cours de ses rêveries gigantesques. »

Un illustre poëte en a dit :

Rien d'humain ne battait sous son épaisse armure;
Sans haine et sans amour, il vivait pour penser.

Ces vers, d'une facture magnifique, ne sont pas conformes à la vérité. A la Malmaison comme sur le rocher de Sainte-Hélène, Napoléon prouva qu'il n'était étranger à aucun des sentiments intimes du cœur. Ainsi le jugeait un homme qui l'avait vu de près, et qui, à coup sûr, ne peut être accusé de flatterie, Bourrienne, le secrétaire particulier du Premier Consul, Bourrienne, qui ressent, quoi qu'il en dise, une certaine jalousie cachée contre son ancien camarade de collége, devenu l'arbitre de l'Europe, Bourrienne n'hésite point à dire : « Bonaparte était sensible, bon, accessible à la pitié; il aimait beaucoup les enfants, et rarement un homme méchant a du penchant pour l'enfance; dans l'habitude de la vie privée, il avait de la bonhomie et beaucoup d'indulgence pour la faiblesse humaine, qu'il connaissait et qu'il savait apprécier. » Il n'avait pas pour ses semblables le dédain qu'on lui a prêté. « La masse des hommes, disait-il, est faible et mérite plus de compassion que de haine. Ce n'est pas en l'accablant de mépris qu'on parvient à la relever; au contraire, il faut lui persuader qu'elle vaut mieux qu'elle ne vaut, si on veut en obtenir tout le bien dont elle est capable. » Ces bien-